पद्मश्री प्राण

मॉरिस हार्न, वर्ल्ड एन्सायक्लोपीडिया ऑफ कॉमिक्स के एडिटर ने कार्टूनिस्ट प्राण को 'वाल्ट डिज्नी ऑफ इंडिया' कहा है। उनकी कॉमिक्स पीढ़ी दर पीढ़ी बढ़ते हुए नौजवानों की हमेशा साथी रही हैं। उन्होंने अपने कैरेक्टर्स 'चाचा चौधरी, साबू, श्रीमतीजी, पिंकी, बिल्लू, रमन' इत्यादि के मनोरंजन का भरपूर लुत्फ उठाया है। उनके ६०० से ज्यादा टाइटल्स मार्केट में बिक रहे हैं और दर्जनों स्ट्रिप्स न्यूज पेपर्स में छप रहे हैं। चाचा चौधरी पर आधारित एक टी. वी. सीरियल के लगातार ६०० एपिसोड तक एक प्रमुख चैनल पर दिखाए गए।

विश्व के कई देशों का भ्रमण कर चुके, प्राण को 'लिमका बुक ऑफ रिकॉर्ड्स' ने 'पीपुल ऑफ द ईयर अवार्ड' से सम्मानित किया है। १९८३ में उनकी कॉमिक बुक– 'रमन, हम एक हैं' का विमोचन तत्कालीन प्रधानमंत्री श्रीमती इंदिरा गांधी ने किया।

प्रकाशक

लेकिन इस बार हम आसानी से हार नहीं मानने वाले। पिंकी को ट्रॉफी नहीं जीतने देंगे।

और स्टॉल न होते हुए भी हम सबसे ज़्यादा कमायेंगे।
पिंकी सुपर आइसक्रीम।
समझ गया। हमें अपने सुपर प्लान का इस्तेमाल करना होगा।

पिंकी सुपर आइसक्रीम।
भीखू स्पेशल पिज़्ज़ा
चम्पू चटपट चाऊमीन
और इस बार हमारा प्लान कामयाब होकर रहेगा। हा...हा...हा...।
बच्चों द्वारा आयोजित फनफेयर।

बिट्टी! तुम स्टॉल नहीं लगा रहीं ?

नहीं। मैंने तुम्हारी मदद करने के लिए ही भाग नहीं लिया है। कोई ग्राहक आएगा तो मैं उसे आइसक्रीम बेच दूँगी।
ठीक है बिट्टी।

पिंकी ! यहाँ तो दो फ्रीज़ रखैं। तुम्हारा कौन-सा है ?
दाहिने हाथ वाला फ्रीज़ मेरा है और बाएं हाथ वाला कम्पनी का है। अच्छा मैं थोड़ी देर में आती हूँ।
पिंकी ने कहा दाहिने तरफ वाला फ्रीज़ रउसका है। पर वह मेरे सामने खड़ी थी। तो दाहिना तरफ मेरी ओर से गिना जाएगा या उसकी ओर से ?
यही होगा। ये फ्रीज़ रखुला भी है। अभी इसमें घुस कर सभी आइसक्रीम अपने बैग में भर लेती हूँ। फिर प्लान के मुताबिक नट्टू और मैं इन्हें आधे दामों में स्कूल के बाहर बेचेंगे।
यह कम्पनी का फ्रीज़ रहै। ट्रक खराब होने से फ्रीज़ रयहाँ रखना पड़ रहा है। इसे लॉक करके कुछ चाय-नाश्ता ले आता हूँ।
छप...!!!

बिट्टी कहाँ चली गई? शुक्र है मैं जल्दी आ गई। अब सब लोगों को इत्मिनान से आइसक्रीम बेच सकूँगी।

फन फेयर शुरू हो गया है। लोग आने लग गए हैं। इस बार ज़्यादा भीड़ आयी है, लगता है अच्छी बिक्री होगी।

मुझे एक वनीला आइसक्रीम देना।
मुझे बटर स्कॉच।
मुझे स्ट्रॉबेरी।

उधर फ्रीज़र के अन्दर।
उफ! मैं गलत फ्रीज़ रमें घुस गई हूँ। किसी कर्मचारी ने इसे लॉक कर दिया है। यहाँ तो बड़ी सर्दी है।
कमाल है। बिट्टी अभी तक नहीं आयी। प्लान के मुताबिक तो हमें स्कूल के बाहर पिंकी की आइसक्रीम चुराकर सस्ते दामों पर बेचनी थी।

वाह ! बड़ी अच्छी कमाई हुई। सारी आइसक्रीम बिक गई। लगता है इस बार भी ट्रॉफी मुझे ही मिलेगी।

जिस स्टॉल पर सबसे ज्यादा बिक्री हुई है वह है पिंकी का सुपर आइसक्रीम स्टॉल। पिंकी स्टेज पर आए और ट्रॉफी ले।

धन्यवाद।

पिंकी को ट्रॉफी भी मिल गई, पर बिट्टी पता नहीं कहाँ छिपी बैठी है ?

पिंकी तुमने बिट्टी को देखा ?

बिट्टी मुझे मिली थी। फिर पता नहीं कहाँ चली गई।

फ्रीज़ के अन्दर।
यहाँ तो बड़ी ठण्ड है। लगता है मैं भी आइसक्रीम बन जाऊँगी।
अंकल! इस फ्रीज़ को कहाँ ले जा रहे हो ?
कंपनी में।

बिट्टी कहाँ हो तुम ?
ये नट्टू भी एक नंबर का बेवकूफ है। फ्रीज़ क्यों नहीं खुलवा रहा ?
मेरी सारी आइसक्रीम बिक गई। मुझे इसमें से एक आइसक्रीम चाहिए।
ICE CREAM

क्यों नहीं। तुमने कंपनी का काफी मुनाफा करवाया है। तुम्हें आइसक्रीम जरूर मिलेगी। अभी फ्रीज़र खोलता हूँ।

हैं !!! बिट्टी तुम !!!

प्रा०
चाचा चौधरी
और
कुंभ मेला
कुम्भ स्पेशल
प्रयागराज 2019
मकर संक्रान्ति 15 जनवरी 2019
पूस पूर्णिमा 21 जनवरी 2019
मौन अमावस्या 04 फरवरी 2019
बसंत पंचमी 10 फरवरी 2019
माघी पूर्णिमा 19 फरवरी 2019
महा शिवरात्रि 04 मार्च 2019

चाचा चौधरी
और
कुंभ मेला
प्रा०
पद्मश्री

आपके लिए एक पत्र है।
कहां से आया है ?

भाग्यवान ! तुम तीर्थस्थान पर जाना चाहती थीं। प्रयागराज में आयोजित कुंभ मेले चलते हैं।
निमंत्रण पत्र
प्रयागराज कुंभ मेले 2019
लेखक:
श्री योगी आदित्यनाथ
मुख्यमंत्री
उत्तर प्रदेश

यह अच्छी छुट्टियां रहेंगी।
www.chachachaudhary.com

कुंभ मेले का आयोजन हिंदुओं द्वारा प्रयागराज, हरिद्वार, नासिक और उज्जैन में क्रम से हर तीसरे वर्ष होता है।
चाचाजी, इसका तात्पर्य यह हुआ कि हर बारह वर्ष के पश्चात यह आयोजन उसी स्थान पर होता है।

बाम्रौली हवाईअड्डा
यह विश्वास किया जाता है कि इस विशेष दिवस पर त्रिवेणी संगम में डुबकी लगाने से सारे पाप धुल जाते हैं।

कुंभ मेला।
शौचालय
कुंभ मेले में तीर्थ यात्रियों के लिए सड़कें चौड़ी की गई हैं और 19 पुल और 6 अंडर पास बनाए गए हैं।

इस साल कुंभ मेले का आयोजन लगभग 3200 हैक्टर क्षेत्र में किया गया है। जोकि बीस भागों में फैला है।

पहले देवता और राक्षसों में अमर होने के विचार से कुंभ कलश की प्राप्ति के लिए युद्ध हुआ था।

अमृत कलश ले जाते हुए विष्णु भगवान से अमृत की कुछ बूंदें चार स्थानों पर गिर गई थीं।
उन्हीं जगहों पर कुंभ का आयोजन होता है।

नमस्कार, चाचा चौधरी! उन्हीं जगहों पर कुंभ का आयोजन होता है।

चाचाजी, इस बार प्रयागराज कुम्भ 2019 में लगभग 12 करोड़ तीर्थयात्रियों के आने का अनुमान है

प्रयागराज कुंभ-2019 दुनिया का सबसे बड़ा भव्य, धार्मिक और आध्यात्मिक मेला माना जाता है

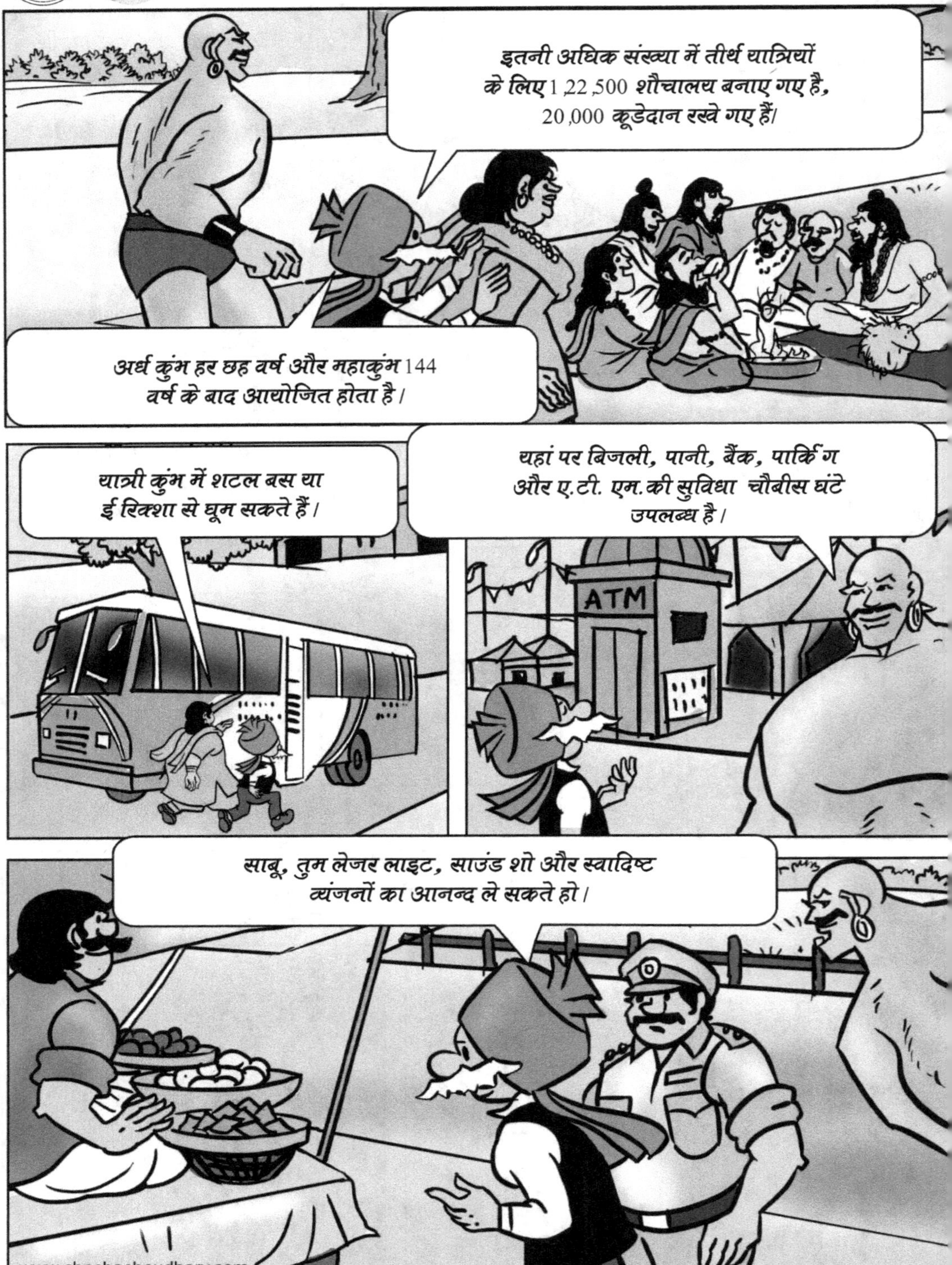

इतनी अधिक संख्या में तीर्थ यात्रियों के लिए 1,22,500 शौचालय बनाए गए है, 20,000 कूड़ेदान रखे गए हैं।
अर्ध कुंभ हर छह वर्ष और महाकुंभ 144 वर्ष के बाद आयोजित होता है।
यात्री कुंभ में शटल बस या ई रिक्शा से घूम सकते हैं।
यहां पर बिजली, पानी, बैंक, पार्किंग और ए.टी.एम. की सुविधा चौबीस घंटे उपलब्ध है।
ATM
साबू, तुम लेजर लाइट, साउंड शो और स्वादिष्ट व्यंजनों का आनन्द ले सकते हो।

HOSPITAL
'पेंट माई सिटी कार्यक्रम ' के तहत सभी सरकारी इमारतों और पुलों की दीवारों को कुंभ की कहानी से चित्रित किया गया है।
डिजिटल स्क्रीन
यह हमारा कंट्रोल रूम है।
उस आदमी को बड़ा करके दिखाना।

कुंभ के लिए उ.प्र. सरकार ने 4200 करोड़ रुपये आवंटन किया है जो 2013 के कुंभ के मुकाबले 3 गुना ज्यादा है। और करीब 6 लाख से ज्यादा लोगों को रोजगार का अनुमान है।

साबू! उसे पकड़ो!

हूबा ! हूबा !! तुम इस कुंभ मेले को नष्ट नहीं कर सकते।
कोई गोरा को रोक नहीं सकता। हा ! हा !!

साबू! फार्मूला नं0 265.

ओह! बचाओ!!

शेर सिंह, कुंभ मेले को तहसनहस करना चाहता था।

इसे जेल में पहुंचाना होगा।
जेल

शेर सिंह, भूल गया था कि इस वर्ष कुंभ मेले में सख्त सुरक्षा प्रबंध हैं।

कुंभ मेले पर डाक टिकट का उद्घाटन।

कुंभ अंको में– 2000 साल पुरानी परंपरा, 33 करोड़ देवी देवता, 55 दिन, 14 आखाड़े, 12 करोड़ तीर्थयात्री, 3200 हेक्टेयर मेला क्षेत्र, 36 करोड़ Meals (भोजन), 192 देश, 30000 हजार से अधिक मेडिकल स्टाफ, 45000 पुलिस कर्मी

चाचा चौधरी
और
उत्तरप्रदेश
प्रगति की ओर...
प्रा०।
पद्मश्री

प्रणाम, चाचा चौधरी!

हमारे नए मुख्यमंत्री आदित्यनाथ के आने के बाद उत्तर प्रदेश की काफी प्रगति हुई है।
मुझे यह मकान ' सबका घर हो अपना '। प्रधानमंत्री आवास योजना के अंतर्गत मिला है। आठ लाख प्रार्थनापत्र स्वीकृत हुए थे।
लगभग 2000 सरकारी और निजी अस्पतालों का निर्माण हुआ है।
आयुष्मान भारत विश्व की सबसे बड़ी स्वास्थ्य योजना है। 10 करोड़ परिवार इससे स्वास्थ्य सुरक्षा इलाज का लाभ ले उठाएंगे।
एल. एच. पी. एस. प्रत्येक परिवार को सलाना 5 लाख का बीमा देगी।
चाचाजी, यहां पर कई कंपनियां स्थापित हो चुकी हैं।

हर विकास के लिए रुपयों की लागत चाहिए।
60,000 करोड़ से ज्यादा की लागत उद्योगों को आगे बढ़ाने के लिए लगाई जाएगी।
मुझे अपनी फैक्टरी के लिए जमीन सस्ते और बैंक से आसान कर्जे की किश्तों पर मिल गई है। यहां पर 24 घंटे पानी और बिजली की सुविधा है।
हमारे मुख्यमंत्री उत्तर प्रदेश के विकास के लिए अच्छा काम कर रहे हैं।
चलो, देखते हैं, उत्तर प्रदेश में शिक्षा के क्षेत्र में कितना काम हुआ है।
स्कूल
स्कूल चलो अभियान के अंतर्गत 1,31,163 से अधिक छात्र नामांकित हो चुके हैं।
हम प्रत्येक छात्र और अध्यापक का डाटा कंप्यूटराइज कर रहे हैं। स्कूल के फर्नीचर, बिजली और पानी की सुविधाओं के लिए हमें 500 करोड़ रुपए आवंटित हुए हैं।
PRINCIPAL
पहली बार पूरा कुंभ मेला सीसीटीवी की निगरानी में है। पूरे मेले में 40 अग्निशमन केंद्र, 40 निगरानी टावर, 62 पुलिस चौकियां, 3 महिला पुलिस स्टेशन

चाचाजी, चलो भीमसिंह से मिलते हैं। वह अपने खेतों में गन्ना उगाता है।
नमस्कार! चाचाजी।
तुम्हें खुश होना चाहिए कि सरकार तुम्हारी बकाया रकम गन्ना उत्पादकों को देगी।
हां, सच है। इससे पहले हम परेशान थे।
2017-2018 में उ0प्र0 सरकार ने 27,729.48 करोड़ रूपये गन्ना किसानों को दिये और इसी अवधि में रिकॉर्ड चीनी का उत्पादन हुआ है।
मुख्यमंत्री योगी आदित्यनाथ 2022 तक किसानों की आमदनी दो गुना करना चाहते हैं।
मुझे यह शौचालय दिखाई दिया। पूरे उ0प्र0 में स्वच्छ भारत अभियान के अंतर्गत 1.71 करोड़ शौचालय 2.5 करोड़ परिवारों के लिए बनाए गए हैं।

उज्ज्वला योजना के अंतर्गत 97 लाख परिवार मुफ्त गैस कनैक्शन ले चुके हैं।
मैंने भी यह सुविधा ली है।
7583 गांव, बस द्वारा शहर से जुड़ गए हैं। 18 बस टर्मिनलों के अत्याधुनिक किया गया है। 16 वातानुकूलित बसें, 50 नई बसें में चलाई गई हैं।
लखनऊ गाजीपुर हाई वे का विकास हो गया है। इसे आगे गोरखपुर तक बढ़ाया जाएगा।
बुंदेलखंड प्रभाग में बुंदेलखंड एक्सप्रेसवे भी शीघ्र बनने की योजना है।
कुंभ मेला 3200 एकड़ क्षेत्र में आयोजित किया गया है। सड़कें, पुल, अंडर पास, हवाई अड्डों का आधुनिकीकरण किया गया है। इसमें तंबू, अस्पताल, शौचालय, डिस्पले बोर्ड, सुरक्षा उच्च स्तरीय है।
THE KUMBH MELA.
INAUGURATING BY
CM. YOGI ADITYANATH
उ0प्र0 में बहुत विकास हुआ है। इसका श्रेय आपके कठिन परिश्रम को जाता है।

उ.प्र. देश की तीसरी सबसे बड़ी आवास व्यवस्था है। प्रधानमंत्री आवास योजना के अंतर्गत वर्ष 2017-18 में कुल 9.10 लाख मकानों की स्वीकृति प्रदान की गई।

पिंकी
दादाजी का वेलेंटाइन डे
वेलेंटाइन डे आज। सभी पतियों ने अपनी पत्नी को देने के लिए तोहफे खरीदे।
हूं...तो आज वेलेंटाइन डे है। पर पिंकी के दादा तो मुझे कभी तोहफा ही नहीं देते।

हे भगवान! आज एक भी फूल नहीं खिला है।
सुनते हो। आज वेलेंटाइन डे है और सभी पति अपनी पत्नियों को तोहफा देंगे।
अब ये क्या नई मुसीबत है?

ये सब किस्से हैं। सच में ऐसा कुछ नहीं होता।
वो मैं कुछ नहीं जानती। कोई अच्छा बड़ासा फूल लाकर दो।
पर मुझे 12 बजे से पहले फूल चाहिए। वरना आज खाना नहीं पकेगा।

हे भगवान! 12 तो बज ही रहे हैं। इतनी जल्दी मैं फूल कहां से लाऊँगा?

आइडिया!!! क्यों न किसी फूल बेचने वाले से एक फूल फ्री में मांग लूँ। मेरी जेब भी खुश और पिंकी की दादी भी खुश। हा..हा..हा..

भाई मुझे फूल चाहिए।
बड़े शौक से लीजिए। बताइए कौन-सा फूल आपकी खिदमत में पेश करूँ।

भाई कोई भी बड़ा-सा फूल दे दो। मुझे तो फूल फ्री में चाहिए।
फ्री में तो फूल की एक पंखुड़ी भी नहीं मिलेगी।

चलो जाओ अपने रास्ते।
हद है। आजकल इंसानियत का तो ज़माना ही नहीं है।

लवली फ्लॉवर
अरे वाह ! एक और फूल की दुकान। इस पर बैठा लड़काय़ंग है, जो मेरी भावनाओं को समझ सकेगा। लेकिन इस बार मैं फूल खरीद ही लेता हूँ।
भाई। मुझे एक फूल खरीदना है।
आप कितने तक का फूल खरीदना चाहते हैं ?
लो भाई 5 रूपए। और एक बढ़िया बड़ा-सा फूल दे दो।
ये सारे विदेशी फूल हैं। इनकी कीमत 500 रूपए से कम नहीं है।
इतने महंगे फूल। अरे 500 रुपए में तो हम हमारे ज़माने में सोना खरीद लेते थे।
तो अपने ज़माने का सोना खरीदने जाओ। यहां वक्त क्यों बर्बाद कर रहे हो ?
कमाल है। दुनिया कितनी बदल गई है। यहाँ भी बात नहीं बनी। अब क्या करूँ ?

अगर 12 बजे तक पिंकी की दादी को बड़ा सा फूल नहीं दिया तो मुझे भूखा रहना पड़ेगा।

ये तो कंजूस हरिया का बगीचा है। मैं चुपचाप एक फूल तोड़ लेता हूँ। उसे पता भी नहीं चलेगा।

वाह! कितने बड़े - बड़े गुलाब और कोई रोकने वाला भी नहीं है। आज पिंकी की दादी भी मान जायेगी कि मैं भी उसे लाजवाब गुलाब तोहफे में दे सकता हूँ।

अरे हरिया तू ?
तुम्हें गुलाब ज़रूर मिलेगा पर उसके लिए कुछ देर मेरे बिट्टू के साथ खेलना पड़ेगा। वो बोर हो रहा है।

अरे मैं तो जाने कितने बिट्टुओं के साथ खेला हूँ। कहाँ है तेरा बिट्टू ? अभी खेलता हूँ उसके साथ।

यह है बिट्टू।

हैं ।!!! बिट्टू कुत्ते का नाम है ? बाप रे भागो।

दादाजी।
पिंकी! मैं पहले से ही बहुत परेशान हूँ। मुझे और परेशान मत करो।

वही तो मैं पूछ रही हूँ कि आप परेशान क्यों हैं? मुझे अपनी परेशानी बताइए। शायद मैं आपकी समस्या को हल कर सकूँ। क्या अख़बार नहीं आया है ?

तेरी दादी ने अख़बार से जान लिया है कि आज वेलेंटाइन डे है और वह जिद कर बैठी है कि मैं उसे एक बड़ा-सा फूल दूँ।
बस इतनी से बात। तो दे दीजिए दादी को बड़ा-सा फूल।

कैसे दे दूँ ? आज सारे फूल बड़े महँगे हैं और मैं 5 रुपए से ज़्यादा खर्च नहीं करना चाहता हूँ।

5 रुपए में तो इतना बड़ा फूल आ जाएगा।
सच। अगर तू ऐसा फूल ले आए तो मैं तुझे आइसक्रीम दिलाऊँगा।

दादाजी आप दादी के पास जाइए। मैं उन्हें देने के लिए बड़ा-सा फूल लेकर आती हूँ।
मैं अभी पहुँचता हूँ।

ले आए मेरे लिए खूबसूरत बड़ा फूल ?
बस दो मिनट में खूबसूरत बड़ा फूल तुम्हारे पास होगा।

ओह ! वह गोभी ले आयी।

23

पिंकी का एग्ज़ाम फीवर

बच्चों ! तुम सब को एग्ज़ाम का टाइम टेबल दे दिया है । अब एक हफ्ते बाद तुम लोगों के एग्ज़ाम हैं । तो खूब पढ़ाई करना और कोई मस्ती नहीं । समझे ।
यस टीचर ।

यानी अब घर पर कोई टी.वी., फिल्म नहीं देखने देगा । इतने दिन बिना टी.वी. के कैसे रहूँगी ? ये बहुत बड़ी समस्या है, पर इसका हल तो सोचना ही होगा ।

गुड आफ्टरनून प्रिंसिपल सर ।
गुड आफ्टरनून । एग्ज़ाम की अच्छी तरह तैयारी करना पिंकी और देखो एग्ज़ाम फीवर नहीं आए ।

वो क्या होता है सर ?
जब बच्चे एग्ज़ाम का ज़्यादा टेंशन लेते हैं, तो उन्हें फीवर आ जाता है, जिसे एग्ज़ाम फीवर कहते हैं। इससे बच्चे पढ़ नहीं पाते।

लगता है मेरी समस्या का समाधान मिल ही गया है।

मधु ! देखो मैं नई फिल्म की सीडी ले आया हूँ। क्यों न हम इसे चलाएं ?
इसे छिपाकर रखो केशव। पिंकी देखेगी तो वो भी फिल्म देखने की ज़िद करेगी। उसके एग्ज़ाम हैं और हम इसे उसके सो जाने के बाद देखेंगे।

डिंग...डॉंग....
लगता है पिंकी आ गई।
मैं अभी दरवाज़ा खोलती हूँ।

अरे पिंकी ! क्या हुआ तुझे ? वहाँ क्यों बैठ गई।
मम्मी बुखार सा लग रहा है। अन्दर से कमजोरी है।

ये अन्दर का बुख़ार है। एग्ज़ाम फीवर। थर्मामीटर से पता लगेगा।

लो पिंकी। थर्मामीटर लगा लो। इससे तुम्हारा बुख़ार पता चल जाएगा।
पर पहले मैं गर्म दूध पीना चाहती हूँ। कमज़ोरी ज्यादा लग रही है।

लो पिंकी ये दूध पियो और उसके बाद थर्मामीटर से अपना टैम्परेचर ले लेना। मैं किचिन के काम निबटा लेती हूँ।

अब इस थर्मामीटर का पारा इतना चढ़ेगा कि मम्मी-पापा मुझे किताबों से दूर रहने को कहेंगे और मैं मजे से टी.वी. पर फिल्म देख सकूँगी। हा...हा...हा...

पिंकी! दूध पिया?
इच्छा नहीं हुई। पर थर्मामीटर से टैम्परेचर ले लिया है।

हे भगवान! थर्मामीटर का पारा तो 106 डिग्री पर है।
कशब! जल्दी ही डॉक्टर को बुलाओ! हालत बहुत गंभीर है।

हैलो! डॉक्टर रूनझुनवाला और झुनझुनवाला का सेक्रेट्री सेंडविच बोल रहा हूँ। मैं आपकी क्या मदद कर सकता हूँ?
पिंकी का तेज बुखार छूने पर महसूस नहीं होता पर थर्मामीटर में आ जाता है। आप फौरन डॉक्टर साहब को भेजिए।
कुछ ही देर में डॉक्टर साहब आपके घर में होंगे।

दोनों डॉक्टर भाइयों के झगड़े में मैं सेक्रेट्री से सेंडविच बनकर रह गया हूँ। समझ नहीं आता, कौन से डॉक्टर को मरीज के घर का पता बताऊँ?

सेंडविच! तुम्हारी आधी तन्ख्वाह मैं देता हूँ। इसलिए मरीज का पता मुझे बताओ।
सेंडविच! तुम्हारी बाकी की आधी तन्ख्वाह मैं देता हूँ। इसलिए मरीज का पता मुझे बताओ।

मुझे लगता है कि मरीज़ को देखने आप दोनों को जाना चाहिए, क्योंकि बीमारी अजीबो गरीब है। पिंकी के हाथ ठण्डे हैं, पर थर्मामीटर में बुखार आ रहा है।
चलो भैया। आज मिलकर मरीज को ठीक करें और दुनिया को बता दें कि हम भी काबिल डॉक्टर हैं।

बुखार के कारण पिंकी पढ़ाई नहीं कर पा रही।
उसको फिल्म देखने दो। उसका मन लगा रहेगा।

वाह! एग्ज़ाम फीवर ने तो मज़ा ही बना दिया। अब मेरा ये फीवर इतनी आसानी से उतरने वाला नहीं है। हा...हा...हा...
अरे डॉक्टर साहब! आप दोनों और इतनी सारी किताबें किसलिए?

डिंग...डोंग...
दरवाजे की घंटी बजी है।
लगता है डॉक्टर साहब आ गए।

सैंडविच ने हमें सब बता दिया है। बुखार पेचीदा है। इसलिए हमें इन सारी किताबों को पढ़ नापड़े गा।

झुनझुनवाला! मुझे लगता है पिंकी का बुखार, एग्ज़ाम फीवर और मलेरिया का मिलावटी पैकेज है।
रूनझुनवाला! मैं आपसे सहमत नहीं हूँ। मुझे पिंकी का बुखार, एग्ज़ाम फीवर और वायरल का मिलावटी पैकेज लगता है।

तू मेरी बात को गलत कहता है। अरे मैंने ये दाढ़ी मरीजों को देख-देखकर ही सफेद की है।
और मैं भी मरीजों के बारे में पढ़-पढ़ कर ही गंजा हुआ हूँ।

अरे आप दोनों लड़िए नहीं।
डिंग...डाेंग....

अरे पिताजी आप ? आइए। पिंकी को बड़ा अजीब बुखार आया है, जो छूने पर महसूस नहीं होता, पर थर्मामीटर में आ जाता है। क्या आप उसे ठीक कर देंगे ?
क्यों नहीं ? अभी लो।
पिंकी ने थर्मामीटर गर्म दूध के गिलास डाला होगा। उसमें ही बर्फ डाल देता हूँ।

पिंकी अब तुम एक बार फिर थर्मामीटर से टैंपरेचर लेकर बताओ।
अब बुखार उतर गया है।
पिंकी ! चलो, जल्दी से पढ़ने बैठो।

पिंकी
और
दादाजी का कुर्ता
पिंकी बस भी करो । तुमने पूरा घर सिर पर उठा रखा है ।

ओह लगता है कोई आ गया । पूरा घर फैला पड़ा है ।
डिंग...डाँग...

मिसेज़ टीना ! कितने दिनों बाद आयी हो । लगता है घर का रास्ता भूल गई ।
मधु ! मैं नहीं तुम भूल गई । याद करो, कल फोन पर हमने आज इस समय शॉपिंग पर चलने का तय किया था ।

30

अरे, हां। जब से पिंकी की छुट्टियाँ हुई हैं, तब से उसने सारा घर सिर पर उठा रखा है। इस वजह से ही भूल गई।
मधु! तुम पिंकी को सिलाई क्लास में क्यों नहीं भेजतीं?

पहले मेरी बेटी भी घर में बहुत शोर मचाती थी। जब से मैंने उसे क्लास में भेजा है, तब से चुपचाप कपड़ों को सिलती रहती है।

ये बहुत अच्छा सुझाव है। इस बहाने पिंकी को सिलाई भी आ जाएगी।

पिंकी! बस बहुत हो गया। अब फटाफट सिलाई क्लास में चलो।

मुझे पिंकी का यहाँ एडमीशन करवाना है। उसे अच्छी सिलाई सिखवा दीजिए।
आप निश्चिंत रहिए। बच्ची से सिलाई मशीन ऐसे चलेगी जैसे घोड़ा दौड़ ताहै।

पिंकी ! कपड़ों के दो टुकड़े लो और उन्हें पास-पास रखकर मशीन चला दो । कपड़ों का जुड़ नातय है ।

आज के लिए इतना ही । कल और नई चीज़ें सिखाऊँगा। तब तक घर पर इसकी प्रैक्टिस करो ।

वाह ! मास्टर जी ने बहुत अच्छी सिलाई सिखाई है । घर जाकर दो अलग-अलग कपड़ों को सिलकर जोड़ दूँगी तो मम्मी खुश हो जायेंगी ।

लगता है मम्मी कहीं गई हुई हैं । मम्मी के लौटने से पहले मुझे कपड़ों को जोड़ ना होगा और उन्हें सरप्राइज़ देना होगा ।

अब सिलने के लिए अलग-अलग कपड़े कहाँ से लाऊँ ?

इस बेड शीट को ही पहले दो भागों में कैंची से बाँट देती हूँ फिर सिलाई कर दूँगी। मम्मी खुश हो जायेंगी।
चर्रर..... चर्रर... चर्ररा

अब सिलाई से दोनों भागों को जोड़ दिया जाए।

देखो तो मम्मी आज मैंने पहले दिन ही दो कपड़ों को सिलना सीखा है। घर में अलग-अलग कपड़े नहीं मिल रहे थे तो पहले बेड शीट को काटा, फिर सिल दिया।
पिंकी! तूने मेरी नई बेडशीट का सत्यानाश कर दिया।

दूर हो जा मेरी नज़रों से और अपनी सिलाई मशीन भी ले जा।

लगता है कुछ गलती सिलने में रह गई, तभी मम्मी नाराज़ हो गई। अगली बार और ध्यान देकर सिलूँगी।

ओह ! इतना शानदार कुर्ता पर दर्जी ने एक बाँह तो सिली ही नहीं ।

पिंकी । मैं पहले ही परेशान हूँ । मुझे और परेशान मत करो ।
हो सकता है मैं आपके कुछ काम आ सकूँ ।

दादाजी ।
मैंने ये महंगा कुर्ता बड़े शौक से आज रात में पार्टी में पहनने के लिए खरीदा था । पर दर्जी ने इसकी एक बाँह नहीं सिली, जिसे सिलाने मुझे 5 किमी दूर जाना पड़े गा ।

बस इतनी सी बात है । मैं अभी आपके कुर्ते की बाँह सिल देती हूँ ।

सच पिंकी! तू मेरे कुर्ते को सिल दे। मैं तेरे लिए ठण्डा शर्बत बनाकर लाता हूँ।

सिलाई मास्टर ने कहा था पहले सीधा ले जाओ, फिर दायाँ माड़ो, फिर बायाँ मोड़ो और सिलाई तैयार है।

दादाजी! आपका कुर्ता सिल गया।
और ये शर्बत भी तैयार है।

शर्बत वास्तव में स्वादिष्ट है।
अब मैं अपना कुर्ता पहन कर देखता हूँ।

अरे मैं तो इसमें फँस गया। मुझे इससे बाहर तो निकालो।

पिंकी
और भूखी कुटकुट

कुटकुट रुक जाओ। बेवजह इधर-उधर मत दौड़ो। तुम्हारे दौड़ने से सामान टूट जाएगा।

अरे! मेरी जुराबें किसने कुतर दीं। ये इस गिलहरी की ही करतूत है।
इसने मेरी बनारसी साड़ी भी कुतर डाली।

मम्मी! कुटकुट भूखी है। उसे कुछ खाने को दो।
चुप रहो पिंकी। इस गिलहरी ने हमारा बड़ा नुकसान किया है। इसे फौरन घर से निकालो।

चलो कुटकुट। हम तुम्हारे खाने की बाहर तलाश करते हैं।

देखो तो ये सुनहरी फ्रेम का नया चश्मा मुझ पर कैसा लगता है?
जँच रहे हो। एकदम हैंडसम दिखते हो।

तुम भी मज़ाक करती हो।
मज़ाक नहीं करती। सच कहती हूँ। अच्छा अब यह नया फ्रेम कुछ देर को उतार कर तो रख दो वरना सिर भारी हो जाएगा।

लो मैंने से चश्मा संभाल कर कुर्सी पर रख दिया।

दादाजी! क्या कुटकुट को मदद मिलेगी?
पिंकी। क्या हुआ है कुटकुट को?
वह आज सुबह से भूखी है। उसे कुछ खाने को दो न।

मेरे पास कुछ नमकीन है। मैं इसे कुटकुट को दे देता हूँ। पर वह है कहाँ ?

हैं !!! उसने मेरा इतना महँगा फ्रेम चबा लिया, जिसमें मैं हैंडसम दिखता हूँ। इस गिलहरी को अभी घर से बाहर निकालो।

दादाजी ! कुटकुट के लिए नमकीन तो दे देते।
ये गिलहरी मेरा नुकसान करे और मैं इसे नमकीन खिलाता रहूँ ? दूर करो इसे मेरी नज़रों से।

कुटकुट ! तुम दादाजी का फ्रेम नहीं चबातीं, तो तुम्हें नमकीन मिल गई होती।

ये लो आज ठंडे-ठंडे रसगुल्ले खाओ। मैंने तुम्हारे लिए ही बनाए हैं।
वाह रिम्बी ! मज़ा आ गया ! आज मैं जी भर के रसगुल्ले खा सकूँगा।

बाप रे !!!
क्या हुआ ?

पिंकी और उसकी गिलहरी कुटकुट यहीं आ रही हैं।
तो क्या हुआ ?

मैं इन रसगुल्लों को छिपा लेता हूँ। अगर कुटकुट ने देख लिया तो वो मेरे सारे रसगुल्ले खा जाएगी। पता नहीं, ये छोटी सी गिलहरी इतना सब कैसे खा जाती है ?

झपट जी !
पिंकी आज मेरा और तुम्हारी आँटी का उपवास है। घर में कुछ भी खाने को नहीं है। अब तुम जाओ।

आप मुझसे कुछ छिपा रहे हो।
नहीं तो।

आप कुछ खाने की चीज़ छिपा रहे हो?
हे भगवान! इसे कैसे पता चला? इसने वैसे ही अंदाज़ा लगाया होगा। इसे कुछ ज्ञान की बात सुनाकर बोर करता हूँ। बोर होकर अपने आप चली जाएगी।
छिपना-छिपाना तो ऊपर वाले के हाथ में है। मैं कुछ नहीं छिपाता।

तो क्या आप ऊपर रहने वाले पड़ोसी अंकल के साथ छिपा-छिपाई खेल रहे हो और छिपने की बारी उनकी है?

ओफ्फो! तुम कुछ भी नहीं समझतीं। मैं भगवान की बात कर रहा था। अब तुम जाओ।

अच्छा जाती हूँ। पर अब आप वह चीज़ नहीं खा सकेंगे, जो आप छिपा रहे हैं। वह बिल्ली खा गई है।

ओह! बिल्ली मेरे रसगुल्ले खा गई।
म्याऊँ!

चुपचाप ये बैग मेरे हवाले कर दो और चले जाओ।

तभी।
छ लां... गा !!!
अब ये ले। ढिशूम !!!
लेकिन अंकल कुटकुट को सोने का नहीं असली बिस्किट चाहिए। इसे भूख लगी है।
यहाँ पास ही में मेरी बिस्किट की फैक्ट्री है। वहां चलकर कुटकुट मर्ज़ी आए जितने बिस्किट खा सकती है।

धन्यवाद पिंकी! तुम्हारी कुटकुट ने मेरी जान बचाई और सोने के बिस्किट से भरे बैग को लुटने से बचाया।
मैं एक सोने का बिस्किट इसे इनाम में देता हूँ।

कुटकुट! तेरी भूख का तो अच्छा इंतज़ाम हो गया।
किट किट...

पिंकी   चोर-पुलिस

पिंकी! क्या तुम्हारे कंप्यूटर में गेम्स हैं ?
हैं, शीरी! मगर कंप्यूटर खराब है।

लूडो ? झूला ? रस्सी कूदना वगैरा दूसरे खेल खेलोगी ?
मुझे इन में कोई दिलचस्पी नहीं।

चोर-सिपाही ?
हां, वह खेल ठीक रहेगा। मुझे चोर बनना पसंद है।

चोर मुझे बनने दो।
नहीं, शीरीं! तुम्हें पुलिस बनना होगा।

ठीक है।
मैं छिपती हूं। तुम मुझे पकड़ नेआना।

धन्नो ताई! खेल में मैं चोर हूं। क्या मैं तुम्हारे घर में छुप सकती हूं ?

यह शरीफों का घर है। मैं चोर-उचक्कों को घुसने नहीं देती।

मैं किसी के घर के बजाए पार्क में जा छुपती हूं।

वह घनी झाड़ी छुपने के लिए उपयुक्त है !

तुम ?!
मैं चोर हूं ! पुलिस के डर से यहां छुपा बैठा हूं !

क्या मेरी तरह तुम भी चोर-पुलिस खेल रहे हो ?
मैं असली चोर हूं ! समझी ?

तुम भी पुलिस से छुपे हो और मैं भी । हम दोनों भाई-बहन हुए या नहीं ?

ओह ! मेरा सिर मत खाओ और यहां से चलती बनो ।

क्यों ? जब तुम झाड़ी में छुप सकते हो तो मैं क्यों नहीं ?
धीरे बोलो । तुम्हारी आवाज अगर किसी ने सुन ली तो पुलिस आ जाएगी ।

जितना तुम्हें पकड़े जाने का डर है, उतना ही मुझे भी ।

उफ्फ ! क्या मुसीबत है ?

धीरे बोलो !
तुम धीरे बोलो !
तुम !
तुम !!

चुप !! अगर एक भी शब्द निकाला तो मैं तुम्हें मार डालूंगा ।

उस झाड़ी के पत्ते हिल रहे हैं। पिंकी उसके पीछे छुपी होगी।

उसे छोड़ो! पिंकी मेरी चोर है।
खबरदार! आगे न बढ़ना।

जानते नहीं मैं पुलिस हूं।

चलो।

मुझे इस चोर की कई दिनों से तलाश थी।
शीरी! क्या तुम्हें पिस्तौल चलानी आती है?
कैसी पिस्तौल?...यह खिलौना है।
www.chachachaudhary.com

FIND 10 DIFFERENCES

Find the differences in two Pictures and send us back to win a surprise prize - write down the following details in block letter: Complete Name, Telephone Number with STD code (Mobile Number), Age, Place of Birth, Date of Birth, Gender, Email ID and Complete Postal Address with Pin code.

Discover Talent @ Diamond Toons

X-30, Okhla Industrial Area, Phase-II, New Delhi-110020
Ph.: 011-40712100, 40712200, E-mail: sales@dpb.in